THE KILLER INSIDE

My Dearest Self with
Malice Aforethought

Volume

2

Story: Hajime Inoryu
Manga: Shota Ito

The Killer Inside
Inhalt

8. Kapitel

Yoko Hata-naka...

Diese Scheiß-Bitch...

... hatte ich schon vorm Überfall auf dem Schirm, weil sie heimlich rumge-schnüffelt hat.

Braver Junge.

HAGG

HAGG

HAGG

HAGG

Yoko Hatanaka...

Wenn so Weiber auf stur stellen, sind sie verschlossener als Austern.

... ihr wisst ja, wie das ist.

Also hab ich versucht, die dreckige Schlampe zum Reden zu bringen, aber...

Die Frage ist: Hat jemand sie dazu angestiftet und gibt es vielleicht Komplizen?

Aber dann verschwand sie, bevor ich die Wahrheit aus ihr rauskriegen konnte.

Also dachte ich: Okay, ich lasse sie eine Weile an der langen Leine laufen und warte, dass sie sich verrät.

Und kurz darauf passierte der Überfall.

Das ist die »Herrenarmbanduhr«, die ich in Yoko Hatanakas Wohnung gefunden habe.

Wem sie gehört, weiß ich nicht.

Aber ich vermute mal... dass der Besitzer jemand ist, mit dem Yoko Hatanaka sich öfters privat traf.

...

BUBUMB

Je... Jemand, mit dem sie sich öfters privat traf...

Doch nicht etwa...

... war deine »Freundin«, nicht wahr?

... da sie diesen »Jemand« offenbar um jeden Preis schützen wollte...

Dummerweise habe ich Yoko Hatanaka nicht dazu gekriegt, etwas zu verraten, aber...

...

... ist der Besitzer der Uhr ja vielleicht ihr Komplize...

Aber...

Ich kenne diese Uhr nicht... Ich habe sie noch nie gesehen!!

Du weißt, wer der Besitzer der Armbanduhr ist?

?!

RAFF

Oder, Billy?

Was meinst du?

Hm?

Wie war das?

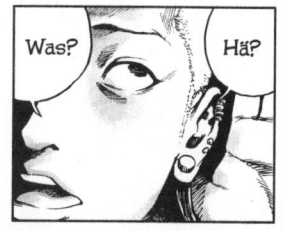

Was?

Hä?

RAFF

RAFF

Du meinst...

... der Besitzer ist hier unter uns?

RWAU
RWAU
Wi...
Wie bitte...?!
Na schön, Billy.
Verrätst du uns, wer es ist?
RWAU
RWAU
Da...
Das ist ein Scherz, oder?!
Ach ja, das habe ich euch noch gar nicht gesagt.
Gaaanz ruhig, Junge.
RWAU
Der gute Billy steht nämlich wahnsinnig auf runde, elastische Dinge.
Beson-ders auf **menschliche Hodensäcke.**
Wenn er die zu fassen kriegt, lässt er sie erst wieder los, wenn er sie abgebis-sen hat.
RWAU

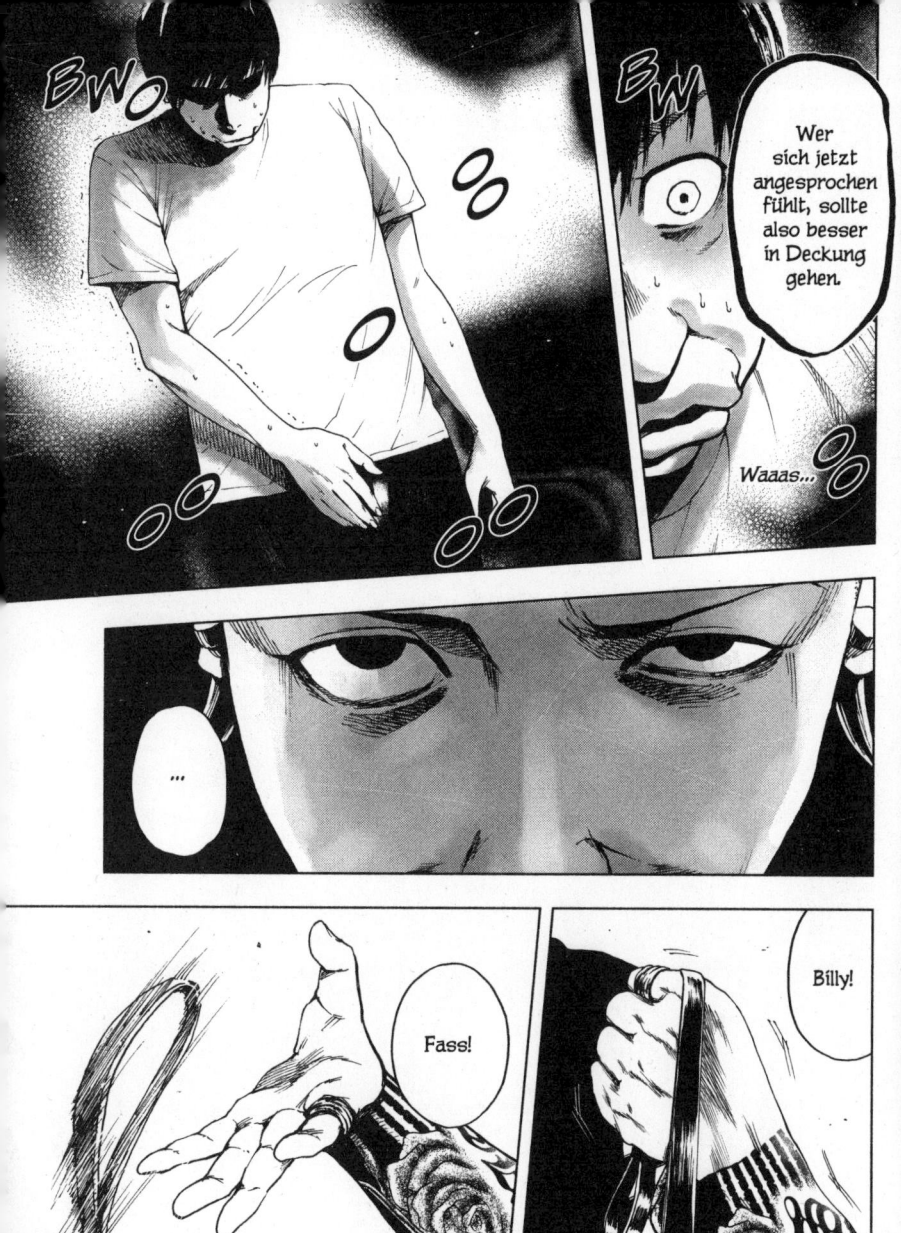

Ugh...

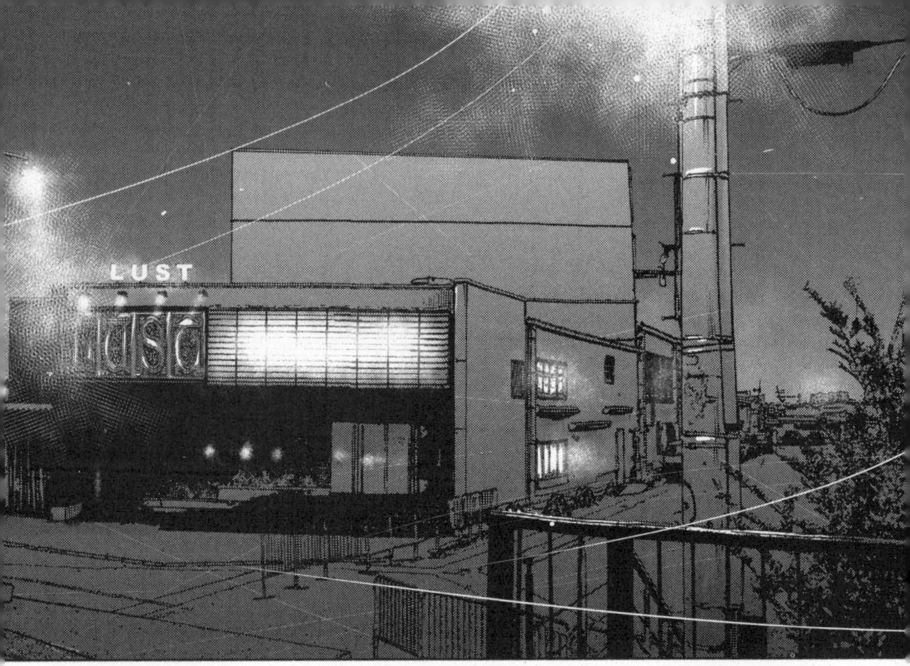
LUST

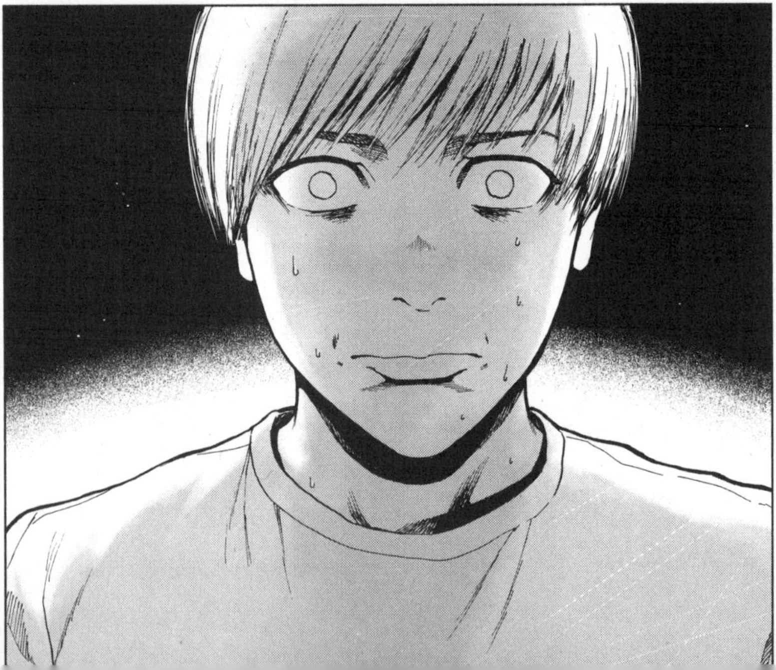

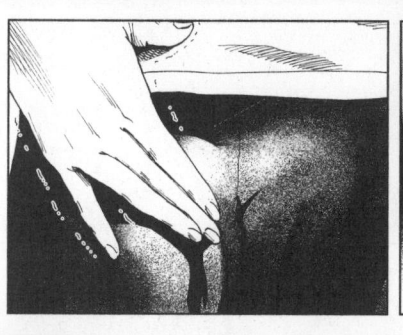
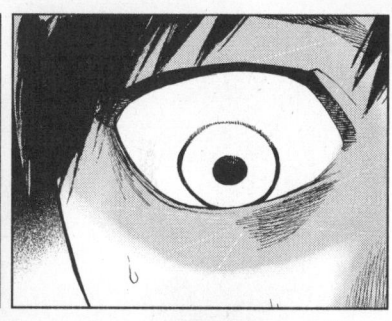

Ich weiß gar nichts über die Sache!!

Guah!

Blö...

Blödsinn!

... »Dumb«?

Du bist der Strippenzieher hinter dem Überfall...

Was denn, was denn?!

Im Ernst?

...

S T P P

Stopp...

... Billy!

Ich...

Ich habe nur...

Du sollst zumindest die Chance kriegen, dich zu erklären, Dam.

Okay...

Ich liebe es, wenn du über deine Arbeit sprichst.

...

Wirklich, mit dem Überfall habe ich nichts zu tun!!

... Yoko nur ein, zwei Dinge über unsere Geldgeschäfte erzählt, das ist alles...

Ich habe ...

Genau! Sie hatte noch einen anderen Kerl! Ihren »Favoriten«...

Ich wette, er ist der Drahtzieher!!

GRRRRR

Das ist mir auch klar...

... Blitz-birne.

... habe ich alles gründlich durchge-checkt.

... und dem Arschloch deines Vaters...

... bis hin zum Notgro-schen deiner Mutter...

Von deinem Kon-to...

... über das deiner Perle...

Aber ein Betrag von Zig-millionen Yen ist mir nirgends untergekom-men.

...

... weil du ein Hohlschädel bist, der seine Klappe nicht halten kann...

... ist mir auch klar.

Und dass die Schlampe dich reingelegt hat...

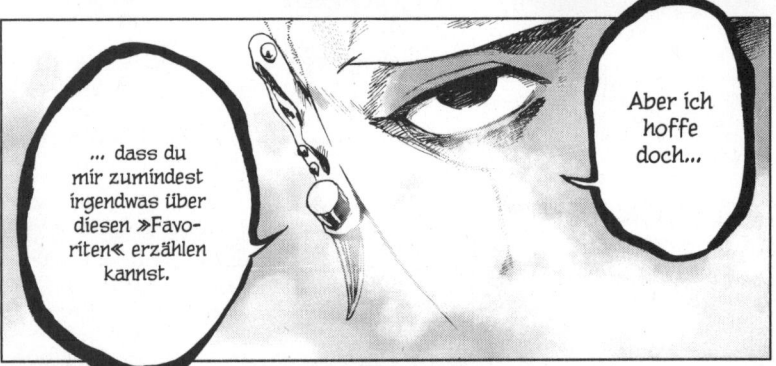

... dass du mir zumindest irgendwas über diesen »Favoriten« erzählen kannst.

Aber ich hoffe doch...

Also war B1 auch ihr »Favorit«!!

Derjenige, der Yoko Hatanaka angestiftet und den Überfall geplant hat, war definitiv... B1...

Wenn das auffliegt, bin ich erledigt... diesmal wirklich

?!

Oh...

Oh shit!

BUMB

BUMB

...

U...

Über den
»Favori-
ten«...

BUMB

BUMB

BUMB

BUMB

... weiß ich nichts...
... sorry...
Aber ich mache meinen Fehler wieder gut, das schwöre ich!
Also... bitte...
... Sai!!
Wenn du in der Hölle bist...
... grüß Yoko Hatanaka von mir!
SPOKN
LUST
Gyaaaaaaaaa!

9. Kapitel

GLEISS

Was für ein furchtbar langer Tag...

Diesmal bin ich gerade noch so davonge- kommen...

Aber dass ich danach auch noch bis zum Morgen mit ihnen ze- chen musste... oh Mann...

Damit ist B1 nicht nur »Ver- dächtiger« in einem Mord- fall«...

... son- dern wird auch noch als »Ver- räter« von einer Gang gejagt...

Haah ...

... aber...

... es hat auch jede Menge neue Fragen aufge- worfen...

Indem ich mein Leben riskiert und SKALL infiltriert habe, habe ich zwar ein paar Dinge erfahren...

Die beiden haben sich zusammen- getan, um SKALL Geld zu stehlen.

B1 hat sie (wahrscheinlich) über SKALL kennengelernt.

Yoko Hatanaka war eine Pros- tituierte.

B1 ist SKALL beigetreten.

Was ich erfahren habe:

Wer zum Teufel ist das?

Bei dem Überfall hatten B1 und Yoko Hatanaka einen Komplizen.

Warum hat B1 60 Millionen Yen gestohlen und da- für sogar SKALL hintergangen?

Neue Fragen:

Was ich erfahren habe: Letztendlich ist die zentrale Figur in dem Ganzen... B1.

Gibt es überhaupt einen Zusammenhang zwischen dem »Mord an Yoko Hatanaka« und diesem »Überfall«?

Neue Fragen:

»Haben sie sich zerstritten? Oder wurde sie zum Schweigen gebracht?«

»Allerdings ist Yoko Hatanaka nicht von sich aus verschwunden, sondern wurde ermordet, also...«

B1 ist eindeutig der Verdächtigste von allen, oder?

Huwaaaah!!

BUBUMB

W ah!

...

Tut mir leid!

Ent- schuldi- gung...

Ha?

Was...

Du...

Du hast mich zu Tode er- schreckt!

Was machst du hier?

Wa...

Warst du das... Shinmyoji?!

Wieso überfällst du mich so?!

Ach, jetzt spielt sie wieder die Schweigsame?

Genau wie sie jedes Mal aus dem Nichts auftaucht. Was zum Teufel stimmt mit der nicht?

Hä?

...

Da du ja offenbar nichts von mir willst, gehe ich jetzt.

Wehe, du folgst mir!

Ich bin echt nicht in Stimmung für so was!

SSSSSST

Heeey, ich sagte...

SSSST

Du sollst mir nicht folgen!

...

Ich habe beschlossen, dir ein Weilchen zu folgen.

Ich habe keine Ahnung, was du damit bezweckst, aber...

... hör endlich auf, mir wie ein Hündchen zu folgen, klar?! Hau ab!

SCHT
SCHT

Jetzt hör mir mal gut zu!

Ich habe gerade weder Zeit noch Lust, mich mit dir abzugeben.

... bleibt mir wohl nur, »damit« zur Polizei zu gehen.

...

Tja, dann...

Häää?

Womit?

Ich habe das hier...

... in deiner Wohnung gefunden.

... aber wenn man einen **Schwerverbrecher** entdeckt, hat man als guter Bürger schließlich die Pflicht, zur Polizei zu gehen. Nicht wahr, Eiji?

Es schmerzt mich zwar, einen Freund zu verraten...

Zusammen mit einem »Haufen Banknoten im Wert von 30 Millionen« und einem »blutverschmierten Eisenschläger«.

Ein paar Minuten, und man ist in deiner Wohnung.

Das Scheibenzylinderschloss an deiner Haustür ist ein Kinderspiel, wenn man weiß, wie's geht.

Och, das war ganz einfach.

Sieh an, unbefugtes Eindringen! Wer ist denn hier der Schwerverbrecher?!

Du hast es in meiner Wohnung gefunden?

Wie bist du da reingekommen?

Wi... Wi... Wieso hast du ein Foto davon?

Wenn du ins Gefängnis kommst, schicke ich dir eine Weihnachtskarte, versprochen.

Wie auch immer.

Wo hast du überhaupt gelernt, Schlösser zu knacken?!

Von meinem Onkel, dem Gelegenheitsdieb. Der hat es mir als Kind beigebracht.

Und wieso verfolgst du mich so beharrlich?

Was bezweckst du mit alldem?

... dass du mir jetzt schon unverhohlen drohst?!

Wa... Was zum Teufel stimmt mit dir nicht...

Moment mal, warte!! Hey!

BUBUMB

»Die Entführung und Ermordung der Studentin Yoko Hatanaka.«

...

Ich weiß, dass der Sohn des Serienkillers LL...
... also du beziehungsweise B1...
... von der Polizei verdächtigt wird.
Was? Woher denn?
Ich habe es neulich in der Unimensa mit angehört.
Hatte sie einen Unfall oder so?
...
Sag mal...
... könnte es sein, dass du mich stalkst?
Ich interessiere mich nur für dich und B1, das ist alles.
War das ein Nein? Oder ein Ja? Was denn nun?

Immer wenn es darauf ankommt, schweigt sie.

Da ist es wieder...

...

Zumindest bis B1 das nächste Mal zum Vorschein kommt.

... würdest du dann damit warten, zur Polizei zu gehen?

Wenn ich dir erlaube, mir zu folgen...

...

... bleibt mir wohl nichts an-deres übrig, als mitzuspielen.

Aber da sie ein Foto vom Ohr hat...

Hach... nicht zu wissen, ob ich diesem Mädchen trauen kann, ist ein echtes Problem.

Auch wenn ich keine Ahnung habe, wann ich »das nächs-te Mal die Persönlichkeit wechsle«...

Frauen stehen auf gefährliche Männer.

Mein anderes Ich ist ge-fährlicher, als du dir vorstellen kannst.

Nur dass du Bescheid weißt...

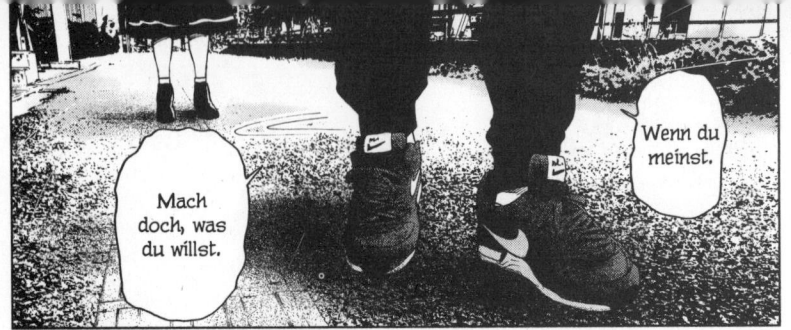

Mach doch, was du willst.

Wenn du meinst.

Außerdem...

Einen handgeschriebenen Brief...

... an dich adressiert.

... habe ich den gefunden, als ich in deiner Wohnung war.

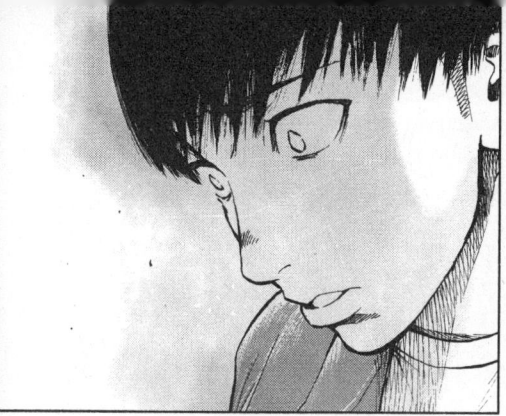
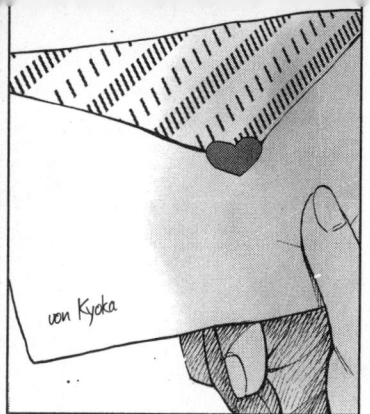

von Kyoka

... ich werde sie da auch nicht mit hineinziehen.

Sie weiß gar nichts und...

Über dich und diesen Fall...

Weiß deine »Freundin« Bescheid?

Ich muss jetzt erst einmal diesem Fall nach-gehen!
KNISTER
...
Und wie willst du das anstellen?
HOTEL NO
Einen »Anhalts-punkt« habe ich...
HOTEL NO

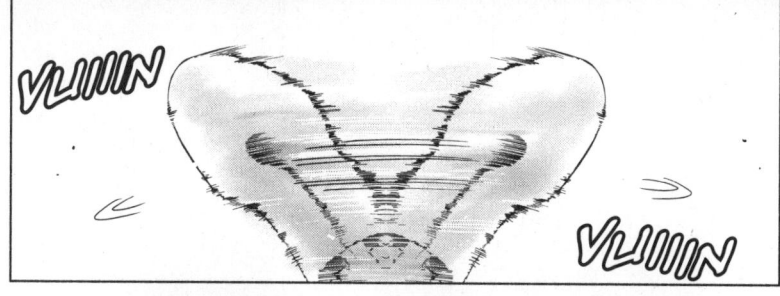

AUTOMAT

Gl... Glaubst du etwa, ich hätte dich ins Love-Hotel mitgenommen, um dich anzufallen?!

Hääp!

Und zwar so tief, dass du nie wieder auf einem Stuhl sitzen kannst.

DIE GEBÜHR WIRD AUTOMATISCH BERECHNET, WENN SIE GEHEN

... schiebe ich dir das Ding hier in den Arsch.

Wenn du noch einen Schritt näher kommst ...

Sag mal ...

Also hör auf, mit dem Ding rumzufuchteln!

Si... Siehst du, da ist sie!

DINGDOOONG

KLACK

Hallo. ♡

BUBUMBO

Wir sind keine »Kunden«!

STUTZ

Falls es Sie stört, kann ich mit dem Preis etwas runtergehen...

Ah...

Nein...

Oh!

Sorry wegen meiner Lippe. Ist das ein Problem?

Ich habe mich geschnitten...

... nicht wieder?

Erkennen Sie mich...

Ähm...

Di...

Diese Ohrringe...

...?!

... hatte Yoko Hatanaka auch, nicht wahr?

Fräulein
»Nami«!

So eine
Bitch bist
du!!

Könnte es
sein, dass
Sie und Yoko
Hatanaka
Freundinnen
waren?

Falls Sie
irgendetwas
über Fräulein
Yoko wissen,
erzählen Sie
es mir bitte...

...

WAT

SCH

Und ob
ich etwas
weiß...

... Eiji
Urashi-
ma!

Hä?

... ermordet hat?!

Sie wissen, wer Yoko Hatanaka...

10. Kapitel

ZWA

Ja, das warst du!!

?!

MP

Hey...!!

Geben Sie ihm damit den Rest.

Gh... nuooo...

I... Ich?

44

WÄÄÄH

Heißt
das...

Wie
bitte...?

GWAAH

... Yoko
Hata-
nakas
Mörder...

... ist
doch
B1?

GWAAH

SS_T

Das sind doch Sie auf dem Foto, nicht wahr...

Das war am 16.10. um 21 Uhr.

Was haben Sie zusammen mit Urashima und Yoko Hatanaka dort getan?

... Yashiro Sai?

PAMM

Dann habe ich die beiden abgesetzt.

Was danach passiert ist, weiß ich nicht.

Nichts Besonderes.

Wir sind nur zu dritt circa eine Stunde durch die Gegend gefahren.

Ich weiß genau, dass Sie Yoko Hatanaka zur Prostitution gezwungen haben.

... DIE SICH NACH AUSSEN ALS EXKLUSIVER DATING-CLUB FÜR WOHL-HABENDE MITGLIEDER PRÄSENTIERT...

... IST IN WAHRHEIT EINE ZUHÄLTER-WEBSITE, DIE IHRE PROSTITUIERTEN ZU IHREN KUNDEN NACH HAUSE SCHICKT, NICHT WAHR?

DIE VON SKALL BETRIEBENE WEBSITE...

... »ALICE«...

ALICE

Nach allem, was ich sehe, sind Sie Single.

Wie wär's, wenn Sie selbst Mitglied werden, Kriminalkommissarin?

Nicht doch! »Alice« ist ein seriöses Dating-Portal, das ordnungsgemäß registriert wurde.

Prostitution? Ich bitte Sie!

Also warum ergreifen Sie nicht die Chance, auf die Sonnenseite des Lebens zu wechseln und einen reichen Mann zu heiraten...

... Polizeihauptmeisterin Momoi?

Aber, na ja... nach diesem Verhör sind wir schließlich keine Fremden mehr.

Eigentlich kann man bei »Alice« nur Mitglied werden, wenn man uns von einer Person unseres Vertrauens vorgeschlagen wird oder einen strengen Hintergrundcheck besteht.

Aber ich ziehe es vor, etwas anderes zu ergreifen!

Tut mir leid.

Aber ich hätte nicht gedacht, dass er von sich aus aufs Revier zum Verhör kommt.

Herr Direktor.

Dieser vorlaute kleine Pisser.

Keine Ahnung, was in ihm vorgeht... aber der Kerl ist mir echt unheimlich.

Ya-shiro Sai...

...

Unseren Beschattern zufolge ist er seit gestern nicht mehr zu Hause gewesen.

Was ist mit Eiji Urashima?

SCHNIEF

Zum ersten Mal bin ich Yoko auf einem Club-Event...
... im »Lust« begegnet...
SCHNIIIEF
Haaah...
Ich wurde in den VIP-Raum gerufen...
... UND ALS ICH ANKAM...
DOOM
Guten Abend...
DOOM
... SAH ICH YOKO DORT SITZEN.

»Daddy-Dating«?

Jepp. Da ihr es nur mit Prominenten und wohlhabenden VIPs mit gesellschaftlicher Reputation zu tun habt...

... ist es sicher und eine ziemlich gute Art, sich etwas nebenher zu verdienen.

Aber da ihr in diesen Raum gebeten wurdet, gehört ihr zur Crème de la Crème.

Dafür sind wir allerdings auch wählerisch, was unsere Mädchen angeht.

... IN DEM MOMENT KONNTE ICH NUR DARAN DENKEN, DASS ICH JETZT AUCH ZU DEN »BESONDEREN« MÄDCHEN GEHÖRE.

IM NACHHINEIN KOMME ICH MIR TOTAL DUMM VOR, ABER...

DOOM

Was sie dir auch antun, was immer passiert, alles in dieser »Welt« ist eine einzige große Lüge.

Indem du immer schööön lächelst.

Nur wenn du dir das immer vor Augen hältst, kannst du in dieser verkommenen Realität zumindest einigermaßen bei Verstand bleiben.

FWIP

Ich habe mich wie Yoko gekleidet, die gleichen Accessoires getragen und sogar ihre Art, zu sprechen, imitiert.

Aber mit der Zeit wurde mir klar...

Ich glaube, damit begann es... und von da an hingen wir nur noch zusammen.

Sie tat zwar so, als wäre sie stark und als würde sie das alles kaltlassen...

... dass auch Yoko über irgendetwas gestolpert und in diese »Welt« geschleudert worden war.

Und... an diesem Punkt trat plötzlich...

... doch in Wahrheit hatte sie erkannt, dass das Lügengespinst dieser »Welt« bereits in sich zusammenfiel.

... Eiji Urashima in Yokos Leben.

Ja, du.

Auf einmal hatte die coole, anbetungswürdige Yoko...

... nur noch eines im Kopf, und es hieß nur noch »Eiji hier, Eiji da«.

Es war, als wäre sie wieder zu einem naiven Backfisch geworden.

Ich war richtig neidisch.

Erinnerst du dich an deine Worte, als du Yoko zum ersten Mal begegnet bist?

Ich habe sie damals so oft von ihr gehört...

... dass ich sie Wort für Wort wiedergeben kann. (lol)

»Wenn du es satthast, in einer Welt zu leben, in der du dir ständig etwas vormachst...«

»... dann komm mit mir!«

Sie hat ganz fest daran geglaubt...

Yoko hat geglaubt, du würdest sie aus dieser verkommenen Realität retten...

...

... warum ...?

Also ...

Warum ich sie nicht beschützt habe?

Warum... hast du Yoko nicht beschützt?!

... wäre sie vielleicht noch am Leben!!

Na, wie wohl? Genau so, wie ich es sage! Hättest du Yoko damals beschützt...

Wi...Wie meinen Sie das?

Wie oft muss ich das noch sagen?

Weil du sie nicht gut genug beschützt hast!!

Allerdings! Du hast sie quasi getötet!

Mo... Moment mal, sagten Sie nicht gerade, ich hätte Yoko Hatanaka getötet?

Also...

... meinte Fräulein Nami, als sie von Yoko Hatanakas Mörder sprach...

...

Wi... Wie bitte?

... gar nicht B1?!

... wen meinten Sie da eigentlich?

A... Aber als Sie vorhin sagten, Sie wüssten, wer Yoko Hatanaka ermordet hat...

Ä... Ähm...

Am 16.
Oktober...

... das war
der Tag, an
dem Yoko
spurlos ver-
schwand...

... waren
sie und ich
eigentlich
verabredet.

Aber das war's auch schon... Sie ist nie am vereinbarten Treffpunkt aufgetaucht...

»Wahrscheinlich bin ich kurz nach 23:00 Uhr fertig mit dem Job, treffen wir uns danach!«

Yoko hatte mich vorab kontaktiert und gesagt: »Ich treffe mich jetzt mit einem Daddy.«

So nennen wir die Sugardaddys. Unsere Freier.

Haaach, doch nicht ihr richtiger Vater!

»Daddy«?

... deshalb war ich mir sicher, dass Yoko irgendetwas passiert war!

Das war bis dahin noch nie vorgekommen...

Um 23:30 Uhr habe ich sie dann angerufen, aber nach zwei, drei Freizeichen wurde der Anruf abgebrochen.

Das letzte Mal habe ich um 22:13 Uhr von ihr gehört.

Das weiß ich nicht.

Aber...

Wer genau... war denn dieser »Daddy«?

Danach habe ich sie mehrmals kontaktiert, aber keine Antwort erhalten.

11. Kapitel

Der Letzte, den Yoko Hatanaka getroffen hat...

... war also ihr Freier...

Also ist dieser Sugardaddy Yoko Hatanakas Mörder?!

Wenn ich das täte, würde SKALL mich auf der Stelle umbringen.

Ich habe es noch niemandem erzählt.

Haben Sie das der Polizei erzählt?

Natürlich nicht.

...dass die Typen von SKALL vor nichts zurückschrecken.

Du weißt so gut wie ich...

...

Das ist übrigens...

Ah!

...

Mist... wie erkläre ich jetzt, dass sie hier ist?

Aber anhand der Kommunikationsdaten des Handys von Yoko Hatanaka...

... müsste die Polizei längst auf Sie zugekommen sein.

Hmmm... du siehst ihr gar nicht ähnlich.

Aber ihr seid ja auch Cousinen.

Wir haben uns zusammengetan, weil ich Yokos Mörder ebenfalls finden möchte.

Ich bin Rei, Yokos Cousine.

Echt jetzt?

Sie sagten, es liefe über einen anonym abgeschlossenen Vertrag, sodass man uns nicht zurückverfolgen könnte.

Mehr weiß ich auch nicht.

So eins hat jede von uns von SKALL für die Arbeit bekommen.

Das liegt wahrscheinlich daran...

... dass wir normalerweise dieses Smartphone benutzen.

Also wieso erzählen Sie sie mir?

Das sind wertvolle Informationen, die Sie zurückgehalten haben.

Ähm...

Hä?

Na, weil...

... du offenbar einer von den Guten bist!

... habe ich gehört, was du ihm zugeflüstert hast.

Als sie meinen Freund im »Lust« gequält haben...

FLÜSTER

Bitte schreien und stöhnen Sie, damit sie uns nicht hören können!

Ich versuche es so zu drehen, dass Sie nicht mehr gefoltert werden.

NGG NNG GNN GNN

Spielen Sie mit und tun Sie an geeigneter Stelle so, als würden Sie ohnmächtig.

NGG NNG GNN GNN

Aber vor allem bin ich dir dankbar, weil du Hiro mit deiner Gutherzigkeit das Leben gerettet hast.

... hast du versucht, ihm zu helfen. Das war echt mutig.

Obwohl du selbst in einer brenzligen Lage warst...

Eigentlich weiß ich ganz genau, dass du ein guter Kerl bist, Eiji...

Außerdem tut es mir leid, dass ich eben gesagt habe, du wärst schuld an Yokos Tod.

Also danke!

... den Yoko am meisten geliebt hat, stimmt's?

Schließlich warst du der Mensch...

Nicht doch... Ich habe ja kaum etwas getan...

Ich kenne Yoko Hatanaka überhaupt nicht.

Und ich weiß auch nicht... warum B1 mit ihr angebandelt hat.

Das stimmt nicht...

Deshalb will ich auch, dass du Yoko für alles, was ihr angetan wurde, rächst.

Wie dem auch sei, ich bin wohl der Einzige, der das zum Abschluss bringen kann.

Ich schätze, wir wollten das Thema beide möglichst meiden...

Nein, keine Ahnung. Yoko und ich haben so gut wie nie übers Geschäft gesprochen.

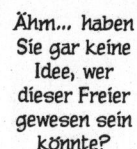

Ähm... haben Sie gar keine Idee, wer dieser Freier gewesen sein könnte?

Also müssen wir nur Namen oder Nummer dieses Kunden herauskriegen...

... und würde ›neuerdings nur noch für diesen Kunden arbeiten‹...

Ah, aber ich glaube, sie sagte mal, sie hätte ›einen richtig dicken Fisch an Land gezogen‹...

... man findet nur die, mit denen man sich schon mal getroffen hat.

Ja, das geht, aber...

... können Sie als Frau dort auch nach männlichen Mitgliedern suchen?

Apropos... auf dieser Website »Alice«...

Das Einzige, was man erfährt, sind Beruf, ungefähres Alter und Jahresgehalt.

Ich glaube nicht, dass wir den Freier anhand dessen finden.

ALICE

MENU
MESSAGE

MURÄNE

NO BZW.:
IMAGE

· ARZT
· IN DEN 40ERN
· JAHRESGEHALT: 30-40 MIO. YEN *
· AKTIVITÄTSBEREICH: CLUB

NORI-NORI

NO BZW.:
IMAGE

· GESCHÄFTSFÜHRER
· IN DEN 50ERN
· JAHRESGEHALT: 50-100 MIO. YEN; **
· AKTIVITÄTSBEREICH: CLUB; AUSLAND

MEINE SEITE

Die Profile der männlichen Mitglieder haben kein Profilbild.

Nur einen Benutzernamen.

* Etwa 230.000 bis 310.000 Euro   ** Etwa 385.000 bis 770.000 Euro

»Und da du Mitglied von SKALL bist, verzichte ich auf den Mitgliedsbeitrag.«

»Okay, Eiji, ich hab dich eingeladen, also benutze sie, wann immer dir danach ist.«

Ah... ich bin Mitglied von SKALL, deshalb...

Apropos: Wie hast du es eigentlich geschafft, da Mitglied zu werden?

Verstehe.

SKALL hat mit Sicherheit irgendwo eine Kundenliste oder Auftragsakte von Yoko.

Wir müssen nur herausfinden, wo, und sie stehlen.

Im »Lust«...

Also muss ich wohl noch mal da rein...

Zu dem hat nämlich nur der Führungsstab von SKALL Zutritt...

... daher könnten sie so wichtige Unterlagen dort aufbewahren.

Stimmt!

Die könnten im Büro im »Lust« sein.

Und wenn ich herausfinde, wer dieser »Daddy« ist, kann ich vielleicht meine Unschuld beweisen.

Zumindest ist B1 eventuell doch nicht der Mörder...

Endlich sehe ich einen winzigen Hoffnungs-schimmer am Horizont...

Ich muss es versuchen!!

...

Ein Dreier-rennen »Mario Kart«.

Au ja! Los!

Häp?
Wollt ihr wirklich?!

Sollen wir nicht einen Dreier machen?

Hey, die gebuchte Zeit ist noch nicht ganz um.

WUPP

Okay!

Macht's gut.

...?!

Wa...

Ghoff...

FLAAMP

NOCK

... von hier aus geradewegs in SKALLS Büro im »Lust« zu spazieren?!

Du hast doch nicht etwa vor...

Was zur Hölle soll das... du... Freak!!

Hast du vergessen, dass du immer noch B1 in dir hast?

Das klingt, als wäre ich irre, aber was bleibt mir anderes übrig?

Stell dir vor, darüber hat der Trottel Eiji auch schon nachgedacht.

Hihihi...

... sollten wir zumindest in etwa vorhersehen können, wann deine Persönlichkeitswechsel stattfinden.

Ha ha ha ha!

Den Täter zu finden ist zwar wichtig, aber bevor wir den nächsten Schritt machen...

Selbst wenn B1 nicht der Mörder ist, ändert es nichts daran, dass er gefährlich ist.

Also pass auf!

Das heißt... solange ich wach bleibe, wechsle ich auch nicht die Persönlichkeit!!

Denke ich...

Bisher haben die Wechsel immer stattgefunden, wenn ich geschlafen habe!

Nun sag doch was!

...

Das ist zwar nur eine Hypothese... ...aber »Schlaf« oder »Bewusstlosigkeit« ist wohl die Voraussetzung dafür...

...glaube ich.

...

Ich gebe zu, für dich ist das eine geradezu erstaunliche Denkleistung.

O... Oder?!

Und wer immer B1 ist, ab jetzt lasse ich den Mistkerl nicht mehr einfach tun, was er will!!

Denn solange ich wach bin, habe ich die Kontrolle!

Wenn ich mich anstrenge, kann ich bestimmt noch einen Tag... also 24 Stunden länger wach bleiben.

Gestern habe ich den ganzen Tag nicht geschlafen.

Einfach da reinzumarschieren ist nämlich keine gute Idee.

Wenn wir davon ausgehen, dass das Zeitlimit 24 Stunden beträgt, bleibt uns nicht mehr viel Zeit.

Wo... Wofür war das denn?!

Auaaa!!

Wir müssen einen Plan unter Berücksichtigung aller nur denkbaren Eventualitäten entwerfen.

Erst dann dringen wir ins »Lust« ein!

Hohoho! Das war Können! Reines Können!

Was denn, ein Full House? Das ist doch wohl ein Witz!

Verdammt! Dabei fehlte mir nur noch ein König!

Ich hab heute echt kein Glück.

Hallo!

Du spielst doch mit, oder? Beim Poker.

Super, du kommst genau richtig!

'n Abend!

Heeey, wenn das mal nicht Eiji ist!

Das ist die richtige Einstellung.

... könnte zusehen und es lernen.

Aber... ich...

...

Dann leihe ich dir was.

Dafür fehlt mir das Geld.

Poker?

Kennst du »Texas Hold'em«?

Nein.

DOOM

DOOM

Pass bloß auf! Der Kerl will dich nur mit reinziehen, um seine Miesen wieder wettzumachen.

Und der hier ist auch im Führungsstab und heißt... »Sawai«, wenn ich mich recht erinnere.

Ähm ...

Der da ist aus dem Führungsstab und heißt »Dodo«... ja.

... aber sie scheinen zur Entourage der Anführer zu gehören...

Die anderen zwei sehe ich zum ersten Mal...

Der ist nicht da.

Wie's scheint, hat die Polizei ihn vorgeladen, um ihn in der Yoko-Hatanaka-Sache zu befragen.

Also sind im Moment nur zwei aus dem Führungsstab im »Lust«?

Ähm... wo ist Sai denn heute?

Jedenfalls bin ich echt erleichtert, dass der Kerl nicht hier ist.

...

Das heißt dann wohl... die Polizei weiß bereits, dass Yoko Hatanaka als Prostituierte für SKALL gearbeitet hat.

Sai ist bei der Polizei?

Ähm... ich gehe kurz zur Toilette.

Call!

Aber wenn du zurückkommst, steigst du ein, klar?

DOOM

DOOM
DOOM

Das da...

... ist das »Büro«!

KREEK

VRRR

Da... Das ist doch dieser Köter!!

Eek...

KLACK

!

SSST

»Ich weiß, dass der Führungsstab die Schlüssel verwaltet, aber wo, weiß ich nicht.«

Abgeschlossen, war ja klar...

KLICK

...

ZUCK

WUSCH

Hey!

Ver-
dammt!

Also ist
doch noch
einer hier.

Was
machst du
denn da?

Hä?
Du
bist
das?

...

I... Ich suche
die Toilette
und habe mich
verlaufen...

PUH

Die Toilette ist im Erdgeschoss ...

... Eiji.

... drei der Anführer hier...

Das heißt, es sind insgesamt...

... auch aus dem Führungsstab.

Das ist »Okawa«...

OFFICE

関係者以外
立入禁止
STAFF ONLY

DO NOT ENTER

... in diesen Raum zu kommen, ohne dass mich einer von denen sieht?

Also...

Wie schaffe ich es...

THE KILLER INSIDE

12. Kapitel

Also, Eiji... damit bist du jetzt...

Du bist so blass, Eiji. Alles okay?

* ca. 3.080 Euro

... mit 400.000* in den Miesen.

Wer sich übers Ohr hauen lässt, ist selbst schuld.

DOOM

DOOM

VM VM VM

Kann ich ein Glas Wasser haben?

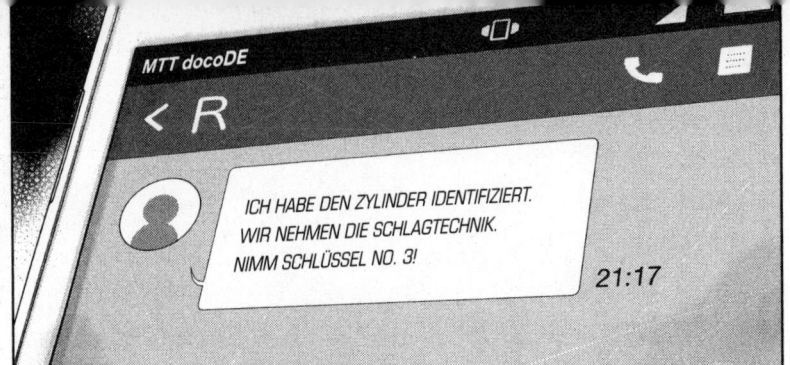

MTT docoDE

< R

ICH HABE DEN ZYLINDER IDENTIFIZIERT.
WIR NEHMEN DIE SCHLAGTECHNIK.
NIMM SCHLÜSSEL NO. 3!

21:17

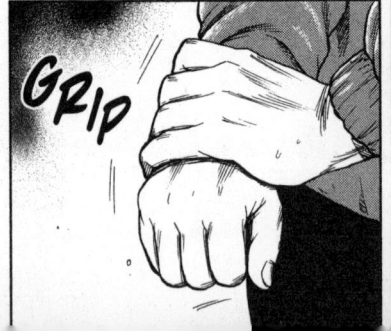

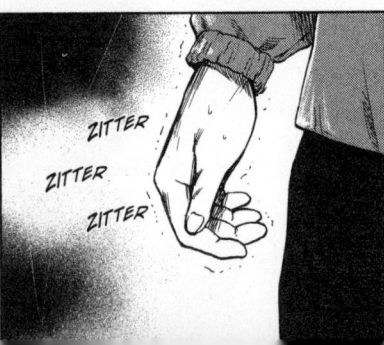

Hier »A«.
Ich habe den
Schlüssel.

HIER »R«.
ROGER.

Viel
Glück!

Okay, dann
gehe ich
jetzt rein.

... ist eine sehr einfache Art, ein Schloss zu knacken. Selbst ein Affe kann das, wenn er weiß, wie.

Die »Schlag-technik«...

Sobald die Stifte alle ausgerichtet sind, kann man das Schloss öffnen.

Durch die Stöße heben sich die Stifte im Zylinder.

Dann schlägt man mit dem Hämmerchen auf den Schlüssel.

Dazu steckt man zunächst einen speziellen Schlüssel, genannt Schlagschlüssel, ins Schlüsselloch.

Ein weiterer Vorteil der Schlagtechnik ist also, dass sie nicht viel Zeit in Anspruch nimmt.

Hat man den Dreh raus, schafft man das innerhalb von Sekunden.

Wo hast du diese Werkzeuge her?

Die hat mein Onkel, der Gelegenheitsdieb, selbst angefertigt.

So etwas kann man nicht kaufen.

Deshalb musst du, wenn du drin bist, zunächst herausfinden, was für einen Zylinder das Schloss der Bürotür hat.

Allerdings funktioniert diese Methode nur, wenn der Schlagschlüssel zum Zylinder des Schlosses passt.

...

Solange dein IQ nicht unter dem eines Affen liegt, kann gar nichts schiefgehen.

Keine Sorge.

Ähm...

TATATATAPP

DOOM

DOOM

DOOM

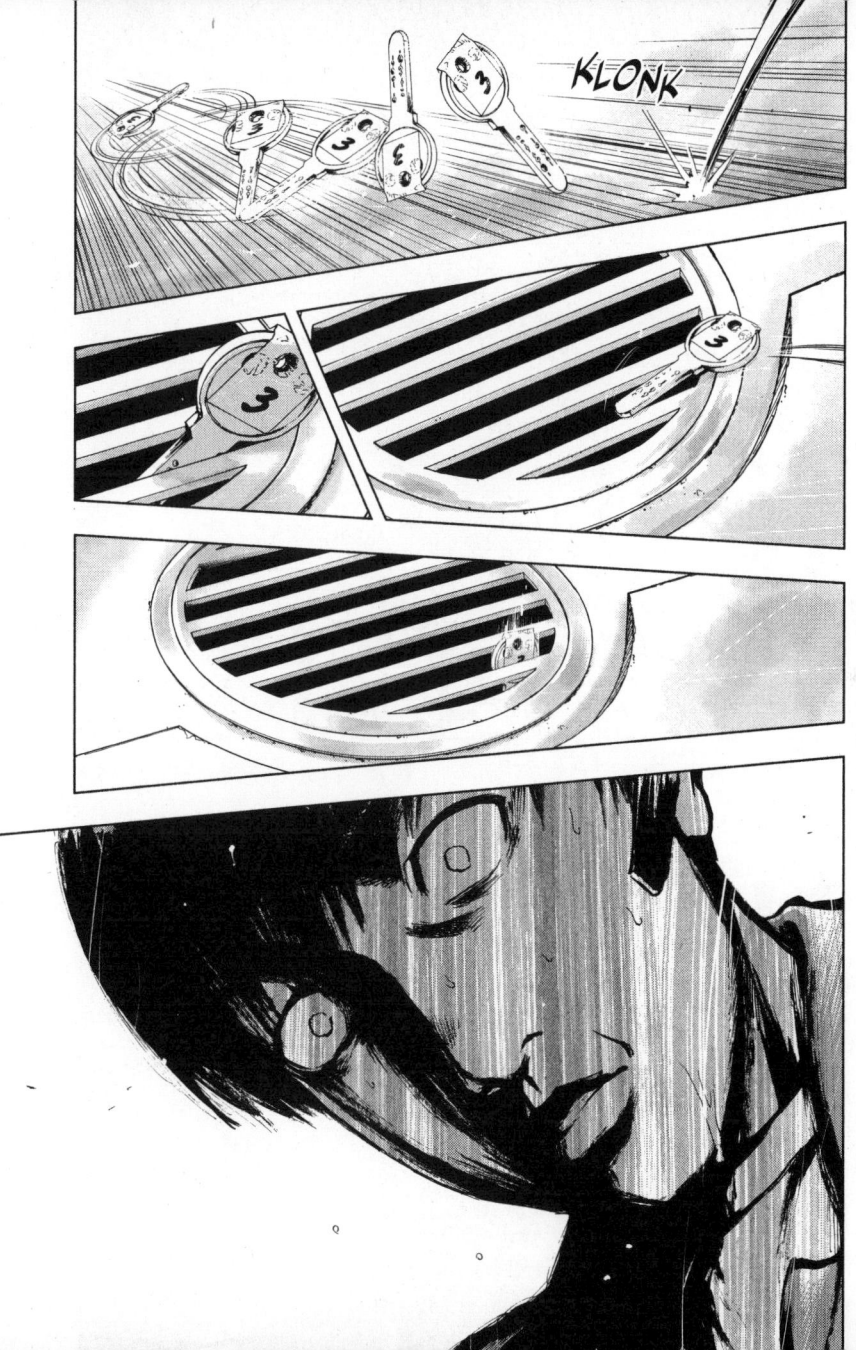

WUEF

HIER »R«, WAS IST DENN? IST IRGENDWAS PASSIERT?

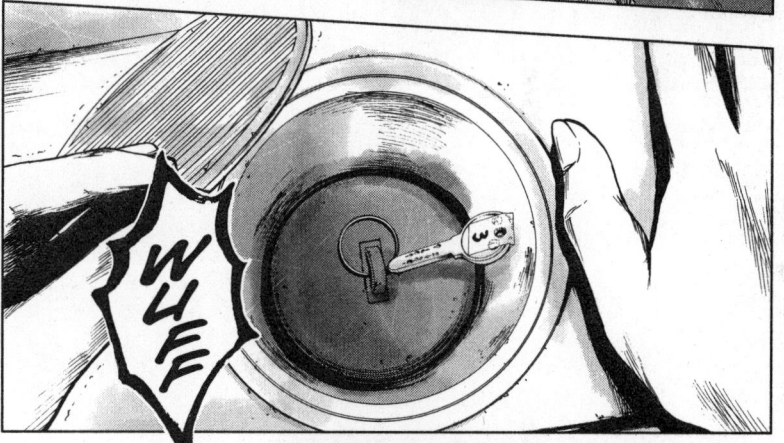

WUEF

Raise!

Hä?

Ha... haha...

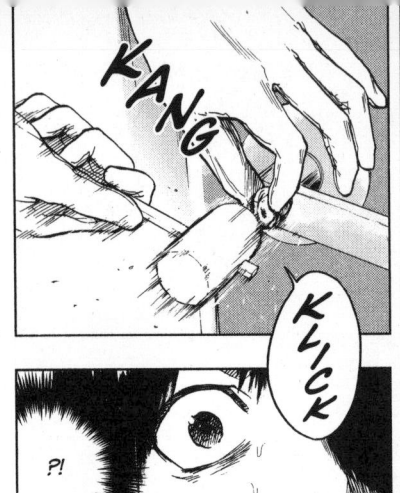

KANG

KLICK

?!

KANG

KANG

WUFF

WUFF

Hah...

Hah...

GRRRR

PADAM

KLICK

Hah...

O...Oh Mann, hoffentlich haben die nichts gemerkt...

FLASH

Ich habe es... geschafft, ins Büro einzudringen...

... und beginne jetzt mit der Suche.

Hier »A«.

... oder irgendeiner Info, die uns zu diesem »Daddy« führt!

Und nun...

... suche nach einer »Kundenliste« oder einer »Auftragsakte« von Yoko Hatanaka...

Roger ...

Ich hatte schon Sorge, dass du tatsächlich dümmer als ein Affe bist.

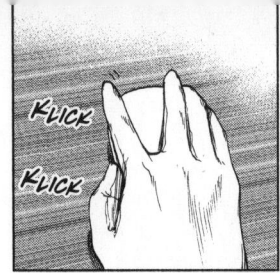

KLICK

KLICK

Schnell, Beeilung...

Mist!! Da muss man sich mit einem Passwort einloggen.

SKALL

PASSWORT EINGEBEN   ?

Ein Tresor!!

Irgendwas...

Gibt es nichts anderes?

Shit! Wieder nichts ...

Das ist ein elektronisches Schloss...

... und ich kenne den Code nicht!!

Hier ist auch nichts!!

Nein!

!

KLINK

Es gibt genau eine Aktenschublade, die abgeschlossen ist.

Aah!

Das ist ein Schloss mit Drehscheiben-Zylinder.

Um das zu knacken, muss man ziemlich geübt sein.

Da würde ich gern mal reinsehen.

Kann man dieses Schloss irgendwie knacken?

Circa zehn Minuten.

Wie lange?

... DAS KÖNNTE ETWAS DAUERN.

DA KOMMT MAN MIT DER SCHLAGTECHNIK NICHT WEITER.

NICHT DASS ES UNMÖGLICH IST, ES ZU KNACKEN, ABER...

... WODURCH SPÄTER AUFFLIEGT, DASS JEMAND EINGEBROCHEN IST.

DAS PROBLEM IST, DASS DAS SCHLOSS DABEI KAPUTTGEHT...

Ich habe sie dir für alle Fälle gezeigt, erinnerst du dich?

... bei der man das Innere des Zylinders zerstört, indem man eine Flüssigkeit hineinträufelt.

Mit der »Schmelztechnik«...

WILLST DU ES TROTZDEM PROBIEREN?

WAS WILLST DU TUN?

WAS IST DENN?

SSST

RWAU

RRWAU

Ich weiß. Er kriegt das Matsusaka-Rind-fleisch* aus dem Kühlschrank im Büro, richtig?

Alles klar.

Braver Junge.

Hey ... ... Sai.

* extrem teures Fleisch, in Japan ein Synonym für einen extravaganten Lebensstil

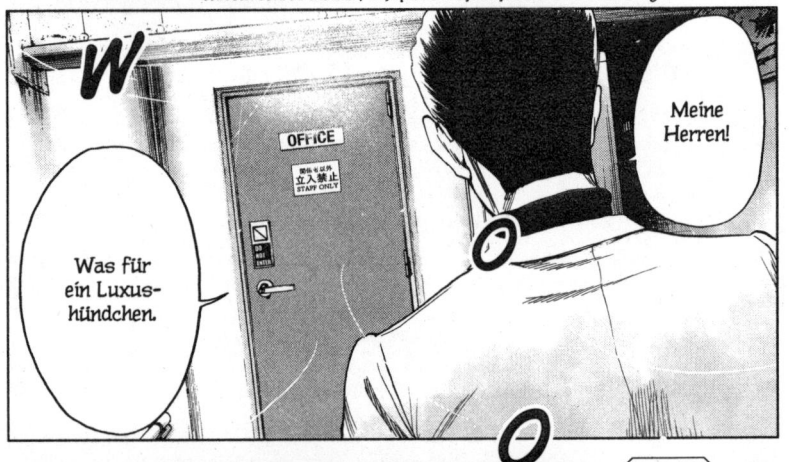

W

OFFICE
立入禁止
STAFF ONLY

Meine Herren!

Was für ein Luxus-hündchen.

WAS IST DENN LOS, »A«?

...P!

Da kommt jemand...

...?!

WAS IST DENN?

13. Kapitel

Da bleibt wohl nur noch...

... Plan F!

KNIPS

Unmöglich... Er steht schon vor der Tür...

SCHAFFST DU ES NOCH RAUS?

Wenn wir das machen, dann...

Wie bitte... Plan F? Bist du sicher?

ICH WEISS. TU ES EINFACH!

Wenn ich die Schmelztechnik benutze, fliege ich sowieso auf!!

Dann fällt das auch nicht mehr ins Gewicht.

KRRK

Mach
schon,
tu es!!

Los,
Shin-
myoji
...

TAPP

TAPP

TAPP

TAPP

TAPP

Und ich muss mich unbedingt bei deinem Vater, dem Pyrotechniker, bedanken.

Scha- de, ich hätte das Feuerwerk zu gern gesehen.

DRIP

ZSCHHH

DRIP

Du hast mich ge- rade noch gerettet!!

Gut ge- macht, »R«!

Ich bin bereits beim Schmelzen des Schlosses.

Er war hoch- erfreut, seine süße Enkelin mit einem speziell angefertigten kleinen Feuer- werk beglücken zu können.

Nicht mein Vater, mein Großvater väterlicher- seits.

Ihr seid mir ja eine nette Familie!!

Oh Mann, und einen Ein- brecheronkel hast du auch noch...

ICH NEHME DAS MAL ALS KOM- PLIMENT.

PLITCH
Hier ist auch noch einer!
...
Das nenne ich mal einen ausgeklügelten Streich...
Hey, holt mir den Typen, der für die Sicherheitschecks zuständig ist!
Ich bring ihn um!

...

Keine Ahnung.

Ach ja, wo ist eigentlich Eiji?

FLASH

KLACK

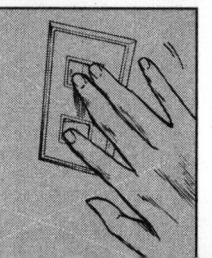

SNIFF

!

Wonach... riecht das hier?

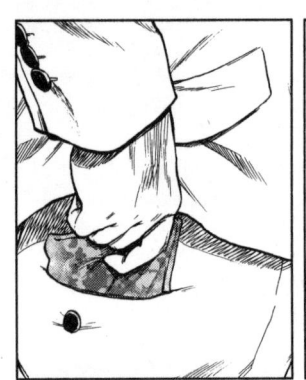

Das Schlüsselloch...

...?

GARANG

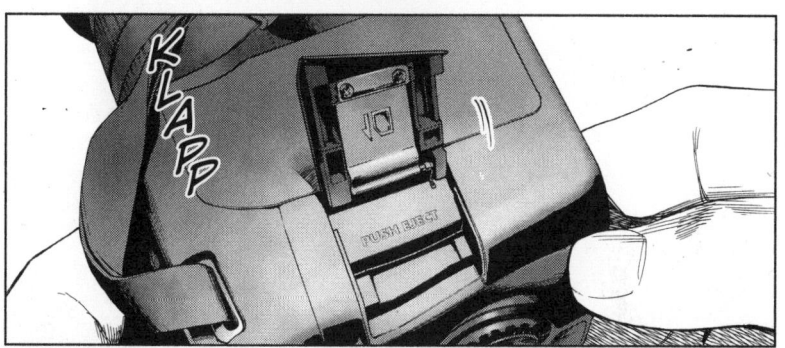

KLAPP

PUSH EJECT

Sie ist
weg!!

Die Spei-
cherkarte...

PUSH EJECT

?!

* Karaoke

NICHTS VON DEM, WAS WIR SAGEN, DRINGT NACH DRAUSSEN.

WEGEN DER PRIVATSPHÄRE.

Und wieso treffen wir uns in einer Karaoke-Box?

UND ICH KONNTE SINGEN, WÄHREND ICH AUF DICH GEWARTET HABE.

ABER DAS RISIKO HAT SICH DOCH SICHER GELOHNT, ODER?

Ich jedenfalls werde jetzt offiziell von SKALL gejagt...

Wie kann man nach allem, was wir getan haben, Lust auf Singen haben...?

SS⟶

32GB

Oder sie wollten die Kunden mit dem Material erpressen...

Wahrscheinlich als Rückversicherung, falls es Ärger gibt...

Offenbar hat SKALL...

... die Treffen zwischen den Kunden und ihren Prostituierten heimlich aufgenommen.

Fotos, die sie mit einem Mann zeigen.

Es sind auch Fotos von Yoko Hatanaka dabei.

Laut Zeitstempel wurden sie alle Anfang Oktober, also unmittelbar vor Yoko Hatanakas Verschwinden, gemacht...

Auf allen ist sie mit ein und demselben Mann zu sehen, und zwar mit diesem hier.

...!

Sein Name ist Shoto Shirabishi.

In Anbetracht dessen, was Fräulein Nami sagte...

... müsste das der besagte »Daddy« sein.

Woher weißt du das?

Kennst du den Kerl etwa?!

?!

SS_T

...?

Du nicht?

TAKA

TAKA

TAKA

LL-FALL

EINES DER WEIBLICHEN OPFER IM LL-FALL

Rin...

... Shira-bishi?

RIN SHIRABISHI (DAMALS 18 JAHRE ALT)

EINES DER WEIBLICHEN OPFER IM LL-FALL

Hä?

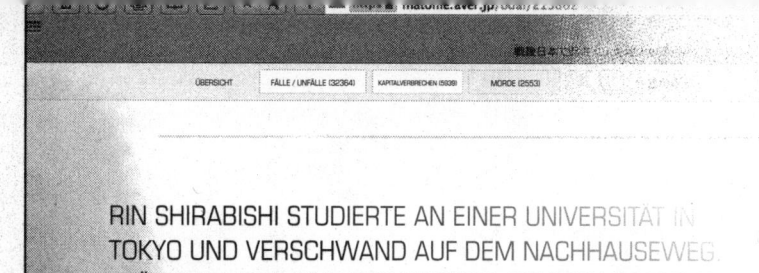

RIN SHIRABISHI STUDIERTE AN EINER UNIVERSITÄT IN TOKYO UND VERSCHWAND AUF DEM NACHHAUSEWEG. SPÄTER WURDE EINE DER LEICHEN, DIE MAN IM ZUSAMMENHANG MIT DEM LL-FALL FAND, ALS RIN IDENTIFIZIERT.

NACH DEM ZWISCHENFALL:
RINS MUTTER MAYA BEGING AUS GRAM ÜBER DEN VERLUST IHRER EINZIGEN TOCHTER SELBSTMORD DURCH ERHÄNGEN. IHR VATER SHOTO IST DER EINZIGE, DER ZURÜCKBLIEB.

Der »Daddy«...

... ist in Wahrheit... der Vater eines Mädchens, das vor 15 Jahren von deinem Vater ermordet wurde.

FAMILIENFOTO DER SHIRABISHIS

入学式

* Immatrikulationsfeier

Er ist Hinterblie-bener eines Opfers im LL-Fall.

Shoto Shira-bishi...

... ein Mann, dessen Tochter von LL getötet wurde...

Und dieser Mann ist der Mörder von Yoko Hata-naka?!

14. Kapitel

Aber was ist sein Motiv?

Rache?

Was soll das denn für eine Rache sein?

Ein Vater, dessen Tochter von LL getötet wurde, begeht 15 Jahre später einen Mord, der die LL-Morde nachahmt?

Oh Mann ...

Was zur Hölle hat der Kerl sich dabei gedacht?

Beruhige dich!

Zumal LL ja gar nicht mehr am Leben ist...

So viel Zeit habe ich aber nicht mehr...

Ihn finden, sagst du?

...

Uns bleibt nichts anderes übrig, als Shoto Shirabishi zu finden und die Wahrheit aus ihm herauszubekommen.

Was immer du denkst, momentan ist das alles reine Spekulation.

TIPP

SHOTO SHIRABISHI *TAKA*

TAKA

TAKA

ALLE   VIDEOS

SHOTO SHIRABISHI – PROFESSOR/FAKULTÄTSMITGLIED/AKTIVITÄTEN IN FORSCHUNG UND LEHRE – K-UNIVERSITÄT
http://www.kodan.ac.jp/education/professor10725.html
OFFIZIELLE HOMEPAGE DER K-UNIVERSITÄT MIT EINEM CAMPUS IN DER PRÄFEKTUR TOKYO. ÜBERBLICK, CAMPUS-EINFÜHRUNG, FAKULTÄTEN UND STUDIENGÄNGE, STUDENTENLEBEN, INFORMATIONEN ZUR AUFNAHMEPRÜFUNG, ÖFFENTLICHE VORLESUNGEN VON FAKULTÄTSMITGLIEDERN UND ANDERE INFORMATIONEN ÜBER DIE UNIVERSITÄT.

Und da die Uni im Stadtgebiet ist, könnten wir ihn vielleicht heute noch treffen.

Tja, der war leichter zu finden als gedacht.

SHIRABISHI, SHOTO

• TÄTIGKEIT: PROFESSOR

• FAKULTÄT: PÄDAGOGIK, PÄDAGOGISCHE GRUN

HIER KLICKEN FÜR MEHR INFORMATIONEN
(INFORMATIONSDATENBANK WISSENSCHAFTLER DER K-UNI

Verstehe.

Und außer der Speicherkarte wurde nichts gestohlen?

DAS ÜBER-PRÜFEN WIR GERADE...

ABER DER INHALT DES SAFES IST NOCH DA.

VRUM

VRUM

VRUM

Den Umständen nach zu urteilen bin ich mir ziemlich sicher, dass Eiji Urashima das getan hat!!

Sai...

HÄ?

Das glaube ich auch.

Damals habe ich mir keine Gedanken über die Beziehung der beiden gemacht, aber für einen Zufall passt das alles ein bisschen zu gut zusammen.

Immerhin war es Yoko Hatanaka, die mir Eiji vorgestellt hat.

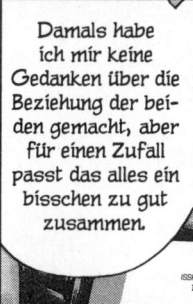

ISSHIN OKAWA
12:32

BEENDEN   STUMM   ZIFFERNBLOCK   ANRUF HINZUFÜGEN

Eiji war mit Sicherheit auch in diesen Überfall neulich verwickelt.

WAS?

Aber wenn du das alles schon wusstest, wieso dann...?!

Als du Billy losgelassen hast?

JA. UND SEINE REAKTION WAR ZIEMLICH VERDÄCHTIG.

DARUM HABE ICH GESTERN, ALS ICH DEN VERRÄTER BESTRAFT HABE...

... AUCH EIJI IM AUGE BEHALTEN.

Na, weil er der Sohn des »legendären Serienkillers LL« ist. Ist doch klar.
Für Sai von LLs Sohn Eiji Urashima in böswilliger Absicht.
Echt, deswegen? Sai...
Der Mistkerl legt sich gerade im großen Stil mit SKALL an!
Das wirst du ihm doch nicht durchgehen lassen, oder?!
VRUM
Keine Sorge, Okawa!
VRUM
VRUM

Ich hab alles im Griff.

NOVEMBER **08.11.** DIENSTAG

Sie meinten, er komme gewöhnlich um 8:00 Uhr zur Arbeit.

Ja.

Shirabishis Büro ist das Zimmer 305 in Haus 12.

Ich habe eben an der Information gefragt.

Ja... und wenn er drinnen ist, folgen wir ihm in sein Büro und stellen ihn zur Rede.

SÜDEINGANG - STRASSENSEITE

HAUS 12

Am besten teilen wir uns auf und passen ihn ab.

Haus 12 hat einen Süd- und einen Nordeingang.

NORDEINGANG - CAMPUS-SEITE

J...Ja, ich weiß!

NICHT EIN-SCHLAFEN, HÖRST DU?!

Eiji!

NOCH EINE STUNDE BIS ACHT...

BLUR

?!

Meine Augen ... SCHÜTTEL SCHÜTTEL

Uh ... Mist ...

PHUUUH

...

So langsam stoße ich an meine Grenzen...

Ich bin jetzt seit mehr als 40 Stunden wach...

VATER
EINGEHENDER ANRUF

ANNEHMEN / ABLEHNEN

URASHIMA

...

Egal
wie oft ich
anrufe, er
geht nicht
ran.

Tut mir
leid.

Verstehe.
Wenn das so ist...
... rufen Sie uns bitte an, sobald Sie etwas von Ihrem Sohn hören.
Und ent-schuldigen Sie die Störung so früh am Morgen.
Ähm...
Eiji ist doch kein Verdächtiger in diesem Fall, oder?

Eiji kann unmöglich der Täter sein.

Frau Momoi.

Aber wir sind sicher, dass er irgendwie in diesen Fall verwickelt ist.

Das kann ich zum jetzigen Zeitpunkt noch nicht sagen...

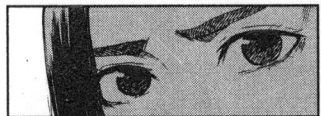

Damals, als Sie Hachinois Bewährungshelfer waren.

... haben Sie dasselbe von Makoto Hachinoi gedacht, nicht wahr?

Vor 15 Jahren "

... muss ich Ihnen ja nicht erzählen, oder?

Und wie das ausgegangen ist...

... Frau Momoi!

Das stimmt nicht...

Also machen Sie nicht wieder denselben Fehler wie vor 15 Jahren!

Er ist Makoto Hachinois Sohn!

Eiji ist unser Sohn!

Und welche
Eltern würden
ihrem Kind nicht
vertrauen?!

Oto?

TAKATAKATAKA

TAKATAKATAKA

12: ANONYM: 08.11.20XX (DI)
WAR DER ENTFÜHRER UND MÖRDER DER
WIRKLICH EIN NACHAHMER VON LL?

13: ANONYM: 08.11.20XX (DI)
WIE'S SCHEINT, WURDE SIE AUCH GE

14: ANONYM: 08.11.20XX
WER WEISS, VIELLEICHT LEBT LL J

15: ANONYM: 08.11.20XX
GRUSELIG.

16: ANONYM: 08.11.20XX
HAST DU 'NE QUELLE?

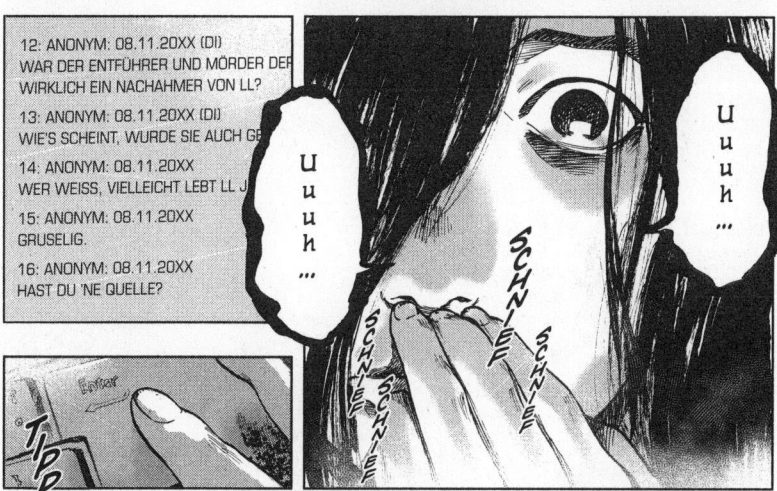

Uuuh...

Uuuh...

SCHNIEF SCHNIEF SCHNIEF

TIPP

Enter

17: ANONYM: 08.11.20XX (DI)

DER MÖRDER IST LLS SOHN! UND DIE POLIZEI
HAT IHN AUCH SCHON AUF DEM RADAR! LOL

Mist.

Schon 8:00 Uhr, aber...

Guten Morgen!

Morgen!

... ist immer noch nicht da...

... Shira-bishi...

15. Kapitel

Diese Verkleidung... Dann sind wir wohl wirklich aufgeflogen?

Soll ich lieber abtauchen?

?!

GRAPP

... dafür schon zu spä...

Oder ist es...

... haben Yoko Hatanaka getötet?!

Heißt das, Sie und ich...

Si... Sie sagten doch gerade, wir wären die Täter!!

Wa...

Was redest du denn da?!

Ich rede...

... von dem Geld!

Von den 60 Millionen, die wir SKALL gestohlen haben!!

... Sag schon, Eiji...

Worum geht es hier eigentlich?

...

... es herausgefunden hat und hinter uns her ist?

Also bist du gar nicht hier, weil SKALL...

... haben wir SKALL bestohlen?

Warum...

Ich habe nur getan, was du wolltest, und dir geholfen...

Wa... Warum?

Wi... Wie ist das denn jetzt wieder gemeint?

Das Ganze war doch deine Idee...

...
Da... Dann formuliere ich die Frage um.
Warum habe ich SKALL bestohlen? Aus welchem Grund?
Erinnern Sie sich noch daran?
»Ich werde SKALL vernichten!«

Das waren deine Worte.

»Ich werde SKALL vernichten, um Yoko zu retten!«...

... hast du gesagt.

Aber letztendlich wurde Yoko getötet...

Und als ich sagte: »Wir müssen Sai sofort der Polizei melden!«...

... meintest du: »Warten Sie, bis die Zeit reif dafür ist.«

Wen wollten Sie der Polizei melden?!

Mo... Moment mal!!

Alles okay mit dir?

Wa... Was hast du denn plötzlich... Eiji...

Agh... mein Kopf! Mein Kopf tut so weh, als würde er plat-zeeen...

Ghaaaah!

Wahrscheinlich ist mein Gedächtnis wegen... der... Folter... so vernebelt... (Riesenlüge)

... hat SKALL mich bereits einmal in die Mangel genommen und gefoltert... (Lüge)

E... Ehrlich gesagt ...

Sie haben mir mit einer Art Brechstange den Kopf eingeschlagen... Wie es unter dem Basecap aussieht... zeige ich Ihnen lieber nicht.

Irgendwie habe ich es geschafft... mich durchzumogeln!

Nein... keine... Sorge.

Also weiß SKALL doch schon über alles Bescheid?!

Wi... Wie bitte?!

...

...

Wenn wir SKALL... beziehungsweise Sai, nicht sofort stoppen, sind wir geliefert!

Wie auch immer, das Problem bin nicht ich, sondern es ist SKALL!!

Das ist Ihnen doch klar, oder?!

O...

Okay!

Ich erzähle es dir, aber bitte hör auf zu schreien!

Meine Erinnerungen... Ich muss mich an jenen Tag erinnern, aber ich kann es niiicht...

Ghaaaa! Schon wieder... mein Kopf!

Auch wenn ich selbst nicht den Überblick habe...

... bin ich wirklich froh, dass du so entschlossen bist, diesen Mann zu stoppen.

...

Du hast recht.

Wenn wir diesen Mörder Sai frei herumlaufen lassen, haben wir ein Problem.

Aber...

... wo soll ich anfangen?

An welchem Punkt setzen deine Erinnerungen denn aus?

Aber was ist danach passiert?

Ich erinnere mich noch daran, dass Yoko sich mit Ihnen treffen wollte.

Am 16. Oktober kurz nach 22:00 Uhr...

... habe ich mich tatsächlich mit Yoko getroffen.

An jenem Abend...

Was haben Sie gesehen und erlebt?

Wenn Sie mir das sagen könnten...

Als LL damals Selbstmord beging, wurde der Fall zu den Akten gelegt.

... wählte seine Opfer sorgfältig unter den Prostituierten aus, die unter seiner Kontrolle standen.

LL...

Das konnte ich nicht einfach so stehen lassen!

SEALED

Und die ganze Geschichte rund um LL's Prostitutionsring...

... wurde zusammen mit seiner Kundenliste unter der grausamen Mordserie begraben.

*geschlossen

... und sie hat mich direkt zu SKALL geführt!!

15 Jahre bin ich dieser Kundenliste hinterhergejagt...

Also auch Shirabishis Tochter...

Die Opfer im LL-Fall waren alle Prostituierte...

Verstehe.

Ob diese Frauen sich freiwillig prostituiert haben oder dazu gezwungen wurden...

... weiß ich nicht.

Aber obwohl LL seit 15 Jahren tot ist...

... ist der »Rachefeldzug« dieses Mannes immer noch nicht vorbei.

Und auch ich...

... verstand, dass du hinter SKALL her warst, um Yoko zu retten.

Du hast mir zugehört und schienst mich zu verstehen.

Das hört sich an, als wüsste Shira-bishi gar nicht, dass ich LLs Sohn bin...

...

Sonst hätte er sich doch nicht mit mir verbündet...

Also haben wir beschlossen, uns zusammen-zutun...

Sie sagte, sie sei mit einer Freundin verabredet.

Das war so gegen 23:00 Uhr.

!

Dann ließ Yoko...

... uns im Hotelzimmer zurück und ging.

DARAUFHIN HABEN WIR BEIDE UNS ETWA 30 MINUTEN UNTERHALTEN.

INHALTLICH GING ES DARUM, WIE MAN DIE VERBINDUNG ZWISCHEN SKALL UND LL HERAUSFINDEN KÖNNTE... UND DERLEI DINGE.

Die Zeit passt auch zu dem, was Fräulein Nami sagte...

Die Verabredung mit Fräulein Nami.

... GING ICH IN DIE TIEFGARAGE DES HOTELS, WO ICH MEINEN WAGEN GEPARKT HATTE.

NACHDEM WIR UNS VERABSCHIEDET HATTEN...

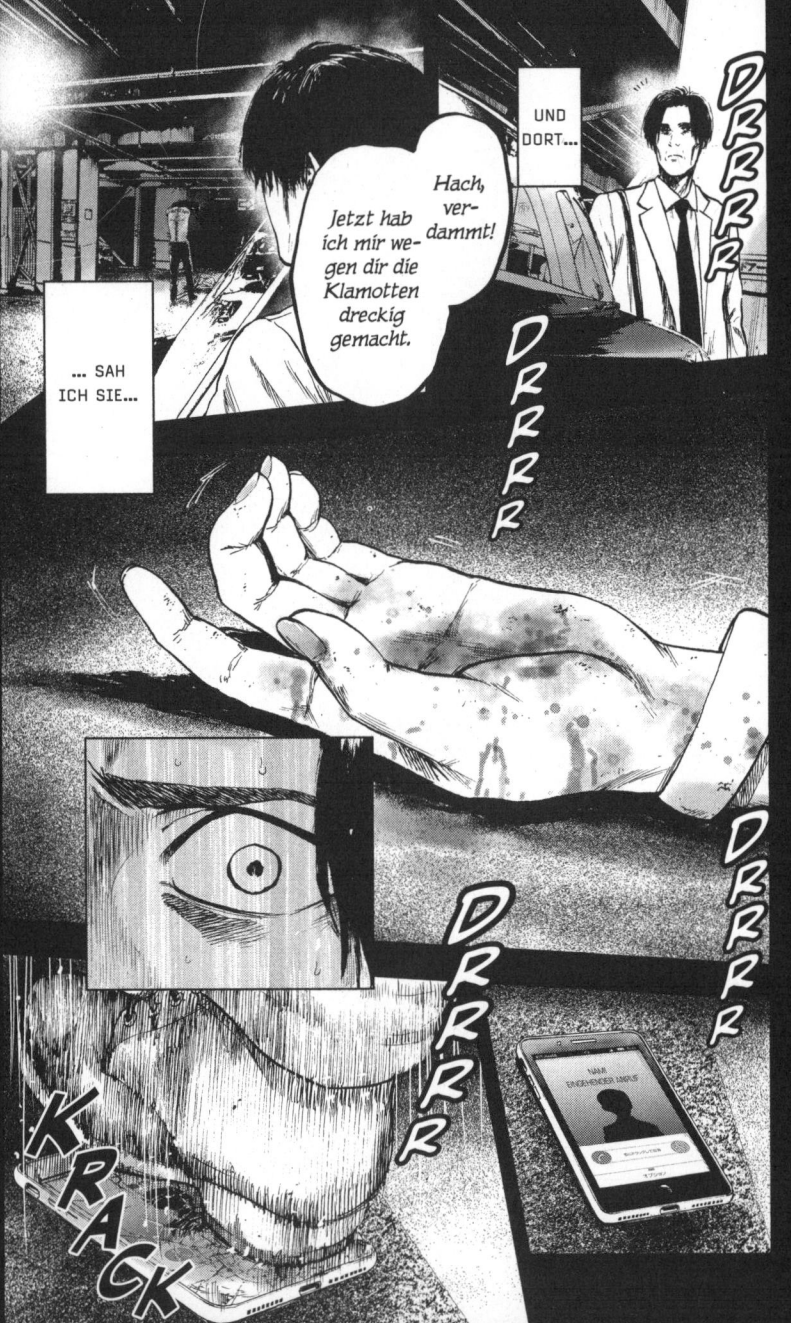

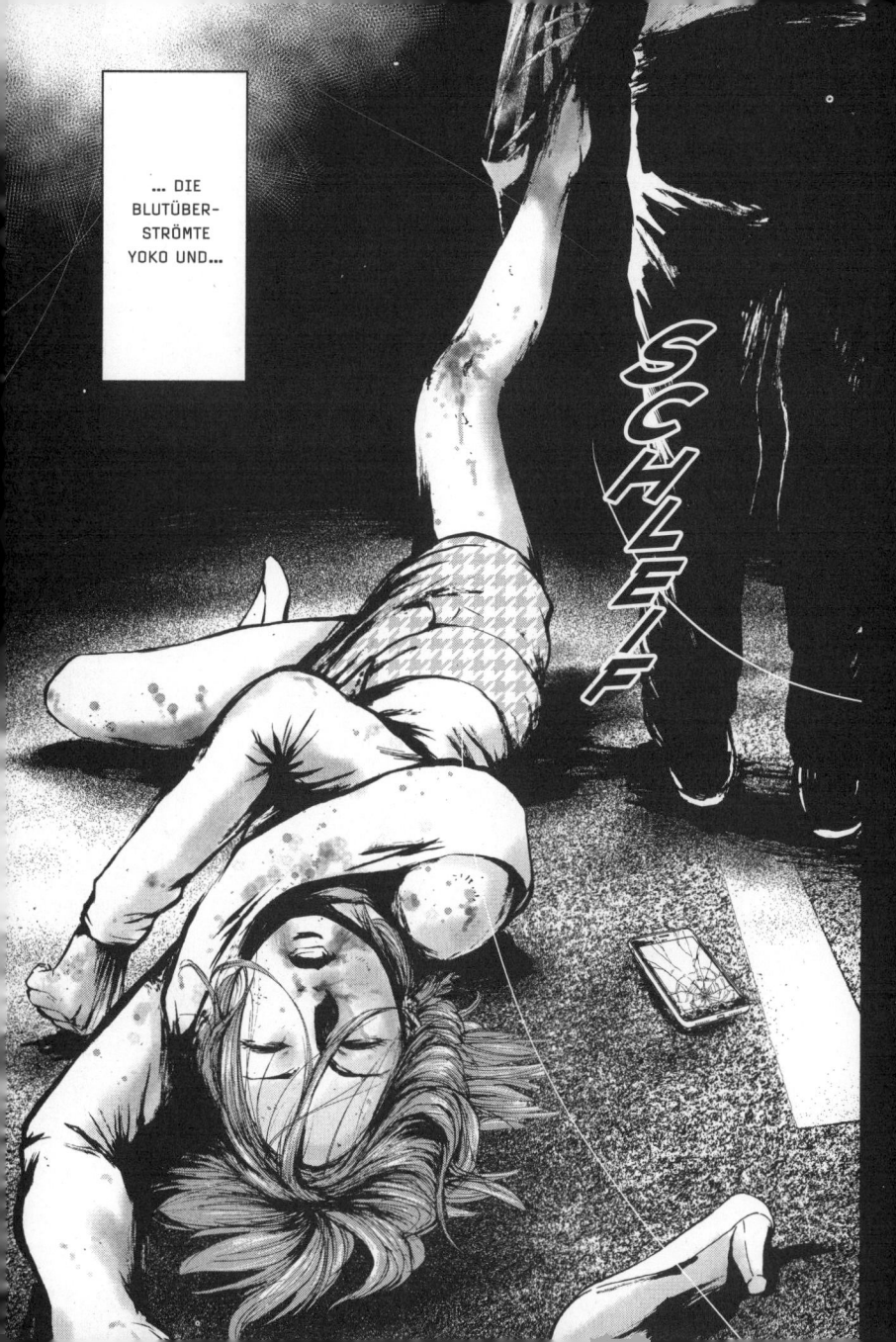

... Yashiro Sai, der sie hinter sich her schleifte.

°Ich werde wieder töten

16. Kapitel

Bist du jetzt bereit zu reden?

Hm? Wie war das?

* Vorsicht, automatische Tür!

...

Hä? Ich kann dich nicht hören...

... Schlampe!

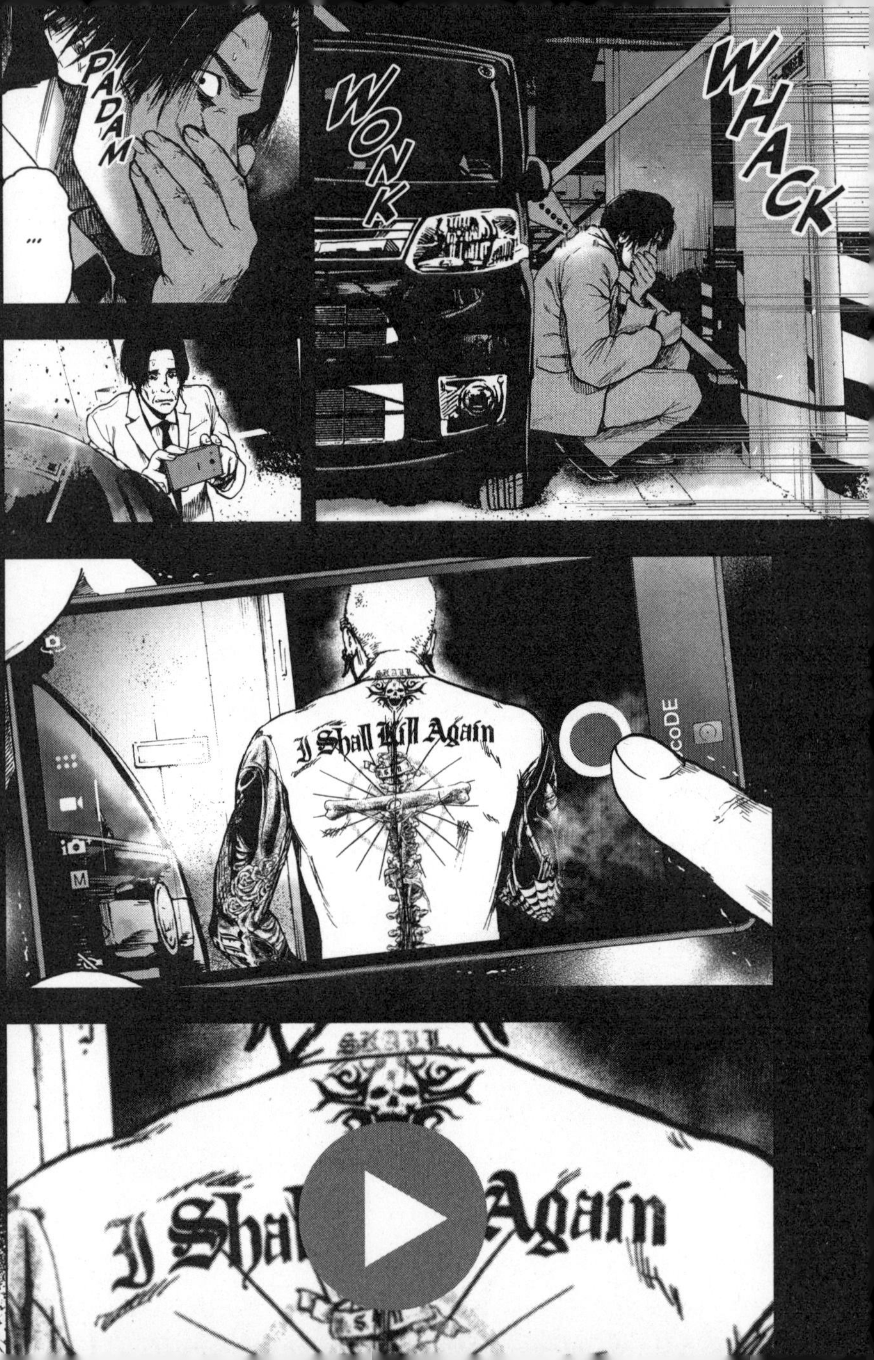

PADAM

WONK

WHACK

...

Yashiro Sai...

... ist der Täter!!!

Weckt das Wort »Hybristophilie« irgendwelche Erinnerungen in dir?

Das ist, wenn man Kriminelle und Massenmörder bewundert, anbetet oder sich im schlimmsten Fall sogar in sie verliebt.

Es wird auch »Bonnie-und-Clyde-Syndrom« genannt und ist eine Art sexuelle Störung.

Ich gebe nur wider, was du mir gesagt hast, aber...

DER MASSENMÖRDER CHARLES MANSON, DER AUCH ALS SEKTENFÜHRER BERÜHMT WURDE...

... HAT, OBWOHL ER LEBENSLANG IN HAFT SASS, JÄHRLICH 60.000 FANBRIEFE ERHALTEN.

EINEN DER FANS, EINE 54 JAHRE JÜNGERE FRAU, HAT ER SOGAR GEHEIRATET.

... DASS ER ZWISCHEN 1989 UND 1996 EINE REIHE VON MORDEN BEGING, DIE DIE DES ZODIAC-KILLERS NACHAHMTEN.

ODER NIMM DEN GEBÜRTIGEN NEW YORKER HERI-BERTO »EDDIE« SEDA, DER DEN IN GANZ AMERI-KA BERÜHMTEN ZODIAC-KILLER DERART BEWUN-DERTE...

Sogar der Name seiner Gang, »SKALL«, ist wie ein Symbol seiner Bewunderung für LL.

Prosti-tution... Verbrechen an Prosti-tuierten... Mord durch Folter...

Und Yashiro Sai tritt mit seinen Taten offensichtlich in die Fußstapfen von LL.

Sag bloß, daran erinnerst du dich auch nicht mehr?

...

Der Name seiner Gang?

... hast du mich damals auch aufmerksam gemacht.

Darauf ...

Ich werde... töten...

... wie- der...

... again...

... kill...

I...

... shall...

Auf das Tattoo?

!

Ich werde... wieder töten...

...

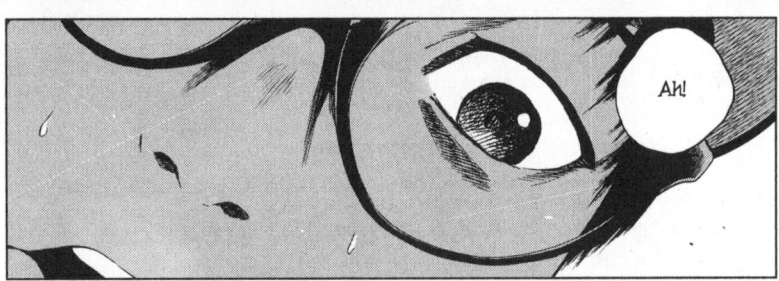

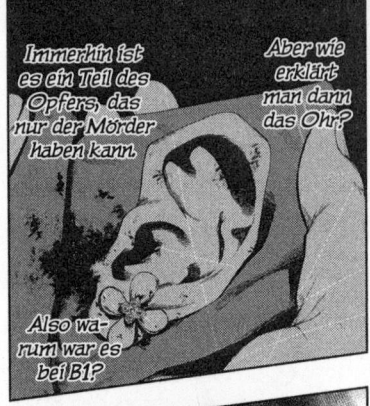

Aber wie erklärt man dann das Ohr?

Immerhin ist es ein Teil des Opfers, das nur der Mörder haben kann.

Also warum war es bei B1?

B1...

...wusste also...

Hat Sai es B1 vielleicht heimlich in die Tasche gesteckt?

Nur wann?

... dass zwischen der Organisation SKALL... bzw. diesem Sai... und LL eine Verbindung besteht...

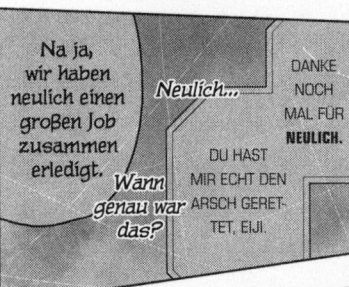

Na ja, wir haben neulich einen großen Job zusammen erledigt.

Neulich...

Wann genau war das?

DANKE NOCH MAL FÜR **NEULICH.**

DU HAST MIR ECHT DEN ARSCH GERETTET, EIJI.

... und hat SKALL infiltriert, um etwas über diese Verbindung herauszukriegen.

...

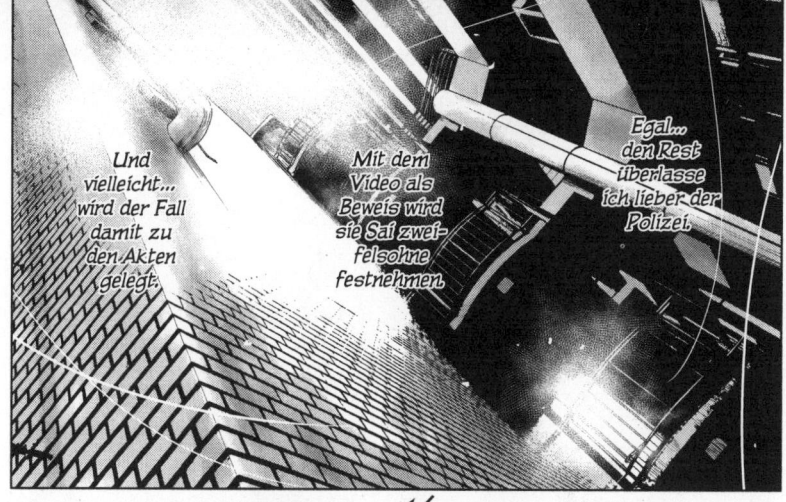

Und vielleicht... wird der Fall damit zu den Akten gelegt.

Mit dem Video als Beweis wird sie Sai zweifelsohne festnehmen.

Egal... den Rest überlasse ich lieber der Polizei.

Sorry... Kashiwagi...

... aber nicht jetzt...

ABLEHNEN

...

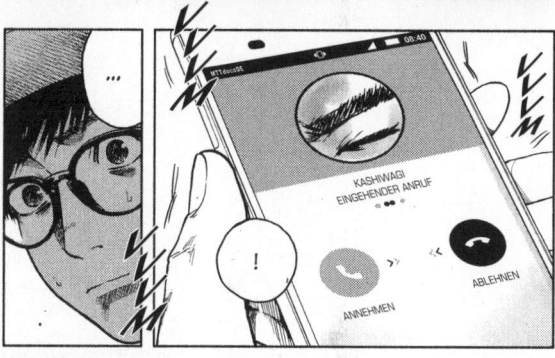

08:40

KASHIWAGI
EINGEHENDER ANRUF

ANNEHMEN

ABLEHNEN

08:40

KASHIWAGI
KASHIWAGI HAT DIR EIN VIDEO GESENDET

08:40

DIENSTAG, 8. NOVEMBER

Goodle

PLOLOLONG

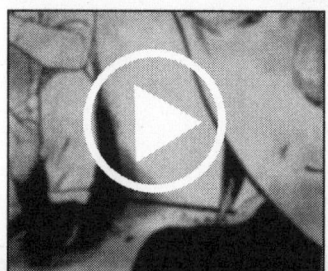

EINIGE
STUNDEN
ZUVOR

Sag mal, kennst du jemanden namens Eiji Urashima?
Ich hätte da nämlich ein paar Fragen zu ihm.
Nein, kenne ich nicht.
Wer soll dieser Urashima denn sein?
Hmmm? Seltsam.
Wir haben nämlich gehört, du wärst sein bester Freund.
Stimmt's ... ... »Hound«?
...

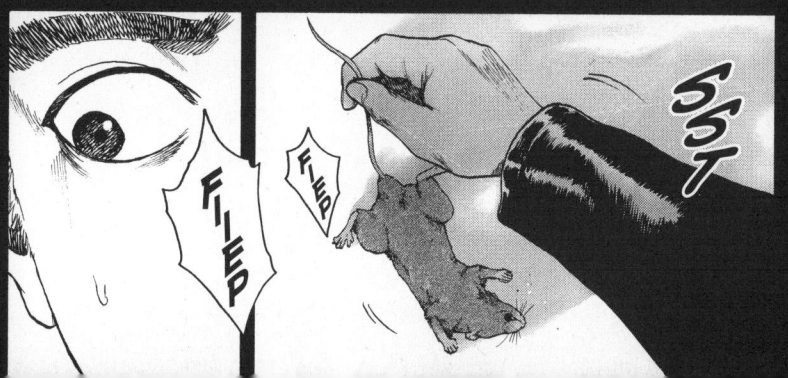

YOOO, EIJI! SIEHST DU DAS?

Hahahaha...

ICH DACHTE MIR SCHON, DASS DU NICHT RAN-GEHST...

... DESHALB HABE ICH EXTRA EINE VIDEOBOT-SCHAFT GEMACHT. ♡

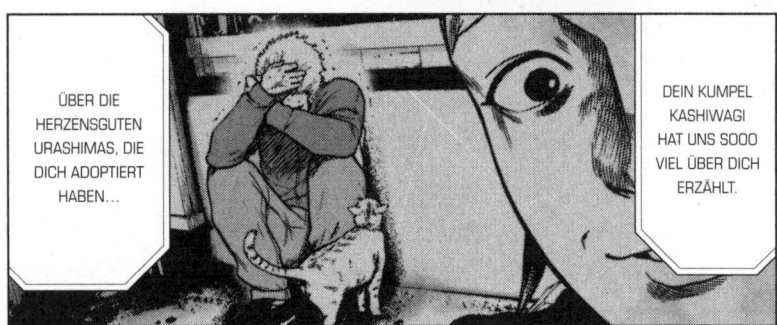

ÜBER DIE HERZENSGUTEN URASHIMAS, DIE DICH ADOPTIERT HABEN...

DEIN KUMPEL KASHIWAGI HAT UNS SOOO VIEL ÜBER DICH ERZÄHLT.

DIE HÄTTE ICH GERN FÜR UNSE-REN LADEN.

HOLY MOLY, DIE KLEINE IST JA EEECHT SÜSS!

Kandidatin für Miss Cam-pus, was?

ODER ÜBER DEINE HEISS GELIEBTE FREUNDIN KYOKA YUKI-MURA...

BAND 2 - ENDE

Weiter geht's in Band 3!

Heute zeigen wir euch die **»Scribbles«**.

VORHER

NACHHER

der Seiten 2 bis 4 grundlegend zu ändern. Was nur zeigt, mit welcher Liebe zum Detail Hajime Inoryu und Shota Ito selbst an einzelnen, eher unscheinbaren Szenen arbeiten!

SELTENE EINBLICKE IN DEN HERSTELLUNGSPROZESS VON »THE KILLER INSIDE«

Bei diesem Werk gehen wir so vor, dass der Autor der Originalstory, Hajime Inoryu, die Scribbles anfertigt, nach denen Shota Ito den Manga zeichnet. Um die Story verständlicher und interessanter zu machen, setzen wir uns manchmal auch zusammen und nehmen Änderungen vor. Hier zeigen wir euch, wie so etwas vorher und nachher aussieht. Viel Spaß dabei!

Was sind **»Scribbles«**? Eine Art Storyboard für Manga, in dem das Panel-Layout, der Text, die Haltung, Position und Mimik der Charaktere etc. grob skizziert werden.

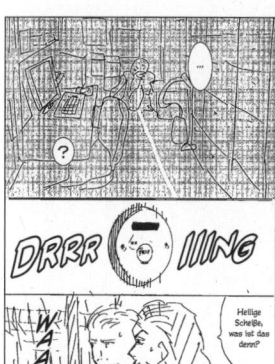

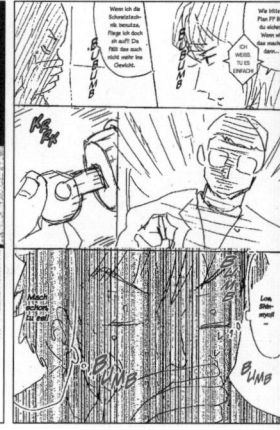

Wieso die Veränderungen?

In diesem Fall haben wir beschlossen, die Szene, in der »Eiji jeden Moment von Okawa ertappt werden könnte«, aufregender und spannender zu machen. Nach einer Reihe von Meetings einigten wir uns darauf, das Panel-Layout und die Inszenierung

HALT!

THE KILLER INSIDE ist ein japanischer Comic, und in Japan wird von hinten nach vorn und von rechts nach links gelesen. Man muss diesen Manga also hinten aufschlagen und Seite für Seite nach vorn weiterblättern. Auch die Bilder auf jeder Seite und die Sprechblasen innerhalb der Bilder werden von rechts oben nach links unten gelesen, so wie in der Grafik gezeigt.

Viel Spaß mit **THE KILLER INSIDE**!

Carlsen Manga! News –
jeden Monat neu per E-Mail!
www.carlsenmanga.de
www.carlsen.de

FSC
www.fsc.org

MIX
Papier aus verantwor-
tungsvollen Quellen
FSC® C083411

Wir produzieren nachhaltig

- Klimaneutrales Produkt
- Papiere aus nachhaltigen und kontrollierten Quellen
- Hergestellt in Europa

CARLSEN MANGA
Deutsche Ausgabe/German Edition ▪ Carlsen Verlag GmbH ▪ Hamburg 2021
Aus dem Japanischen von Claudia Peter ▪ SHIN'AI NARU BOKU E SATSUIWO KOMETE © 2018 Hajime Inoryu, Shota Ito ▪ All rights reserved. ▪ First published in Japan in 2018 by Kodansha Ltd., Tokyo ▪ Publication rights for this German edition arranged through Kodansha Ltd. ▪ Redaktion: Philipp Nakata ▪ Herstellung: Björn Liebchen ▪ Alle deutschen Rechte vorbehalten ▪ ISBN: 978-3-551-71947-8